W9-AIC-925

A Surprise for Teresita
Una sorpresa para Teresita

By/Por
Virginia Sánchez-Korrol

Illustrations by/ Ilustraciones de
Carolyn Dee Flores

Translation by/ Traducción al español por
Gabriela Baeza Ventura

Piñata Books
Arte Publico Press
Houston, Texas

Publication of *A Surprise for Teresita* is funded in part by a grant from the City of Houston through the Houston Arts Alliance. We are grateful for their support.

Esta edición de *Una sorpresa para Teresita* ha sido subvencionada en parte por la ciudad de Houston a través del Houston Arts Alliance. Les agradecemos su apoyo.

Piñata Books are full of surprises!
¡Piñata Books están llenos de sorpresas!

Piñata Books
An Imprint of Arte Público Press
University of Houston
4902 Gulf Fwy, Bldg 19, Rm 100
Houston, Texas 77204-2004

Cover design by / Diseño de la portada por Bryan T. Dechter

Cataloging-in-Publication (CIP) Data for *A Surprise for Teresita* is available.

∞ The paper used in this publication meets the requirements of the American National Standard for Permanence of Paper for Printed Library Materials Z39.48-1984.

Printed in Hong Kong in July 2016–October 2016
by Book Art Inc. / Paramount Printing Company Limited
10 9 8 7 6 5 4 3 2 1

For Lauren and Pamela, a promise fulfilled.

—VSK

For my beautiful mother—Lupe Ruiz-Flores.

—CDF

Para Lauren y Pamela, ¡una promesa cumplida!

—VSK

Para mi bella madre Lupe Ruiz-Flores.

—CDF

That morning when Teresita opened her eyes, she knew it was a very special day. Today Tío Ramón would bring her a birthday present. Teresita was seven years old. She was a big girl now. She dressed herself and went into the kitchen where Mamá was preparing her breakfast.

"Mamá," asked Teresita, "is it time for Tío to come to our block?"

"No, *hijita,*" answered Mamá. "Tío Ramón has to take his snow cone cart to the other blocks before he comes to ours."

Esa mañana cuando Teresita abrió los ojos, supo que era un día muy especial. Hoy el Tío Ramón le traería un regalo de cumpleaños. Teresita cumplía siete años. Ya era una niña grande. Se vistió sola y fue a la cocina donde Mamá estaba preparando el desayuno.

—¿Mamá —preguntó Teresita— ya es hora de que Tío venga a nuestro bloque?

—No, hijita —respondió Mamá—. Tío Ramón debe llevar el carrito de piraguas a los otros bloques antes de venir al nuestro.

Teresita sat down to a bowl of corn flakes. As she drank orange juice, she thought of her uncle's snow cone cart. It always made her happy when he came to her block. All her friends would run to him to buy snow cones. He always made Teresita a special one. Today it was not the sweet ice she thought about. She wondered instead what her surprise would be.

Teresita se sentó en la mesa frente a un plato de cereal. Mientras tomaba jugo de china, pensaba en el carrito de piraguas de su tío. Siempre se alegraba cuando venía a su bloque. Todos sus amigos corrían a comprar piraguas. Su tío siempre le preparaba una especial a Teresita. Hoy no pensaba en el hielo dulce. No, hoy pensaba en cuál sería su sorpresa.

Piragua

When she finished breakfast, Teresita put her dishes in the sink and went to the fire escape window. Mamá was watering her plants in the bright sunshine.

"Mamá, did Tío Ramón say what the surprise would be?"

Mamá turned and smiled. "I'm sure that whatever it is, it will be a fine gift for such a grown-up girl. And since you are such a big girl, you can help me water the plants."

Cuando terminó de desayunar, Teresita puso los trastes en el fregadero y fue a la ventana que abría el *fire escape* o salida de incendio. Mamá estaba regando sus plantas bajo un sol brillante.

—Mamá, ¿te dijo Tío Ramón cuál sería la sorpresa?

Mamá volteó y sonrió. —Estoy segura de que sea lo que sea, será un buen regalo para una niña tan grande como tú. Y como ya eres una niña grande, puedes ayudarme a regar las plantas.

Teresita watered the plants with a blue watering can. From the fire escape, she could see all the activity on the street. But she did not see Tío Ramón and his snow cone cart.

Teresita regó las plantas con una regadera azul. Desde el *fire escape,* ella podía ver toda la actividad en la calle. Pero no vio a Tío Ramón con su carrito de piraguas.

Later that morning, Teresita sat on the front stoop of her building. She waited for her uncle, but he did not come. She decided to jump rope with her friends. Close by, older girls jumped Double Dutch to all the letters in the alphabet. Teresita could not jump as well so she played "High water—Low water." Each time the rope was held higher and higher, she jumped over it.

Un poco más tarde, Teresita se sentó en la escalera de la entrada a su edificio. Esperaba a su tío, pero éste no llegaba. Decidió saltar soga con sus amigos. Cerca, unas niñas más grandes brincaban la doble soga diciendo todas las letras del alfabeto. Teresita no podía brincar tan bien, así que jugó "Agua sube—agua baja". Entre más subía la soga, Teresita más la brincaba.

After the game, Teresita again looked up and down the street. It seemed everyone was doing something. Mothers held young children by the hand and visited the corner bodega to buy food for the evening meal. Boys and girls rode bikes or played stickball. Grownups sat at their windows, elbows resting on bed pillows, enjoying the sights and sounds of the neighborhood. Still there was no sight or sound of her uncle. Teresita wondered if she could have missed him.

Después del juego, Teresita miró a lo largo de la calle. Parecía que todos estaban haciendo algo. Las mamás tomaban de la mano a sus hijos pequeños e iban a la bodega de la esquina para comprar comestibles para la cena. Los niños se paseaban en bicicletas o jugaban al béisbol con un palo. Los adultos miraban por sus ventanas, descansando los codos sobre almohadas, disfrutando de la vista y los ruidos del barrio. Aún no había visto ni oído a su tío. Teresita se preguntó si quizás no lo había visto pasar.

“Red light, green light, 1, 2, 3,” shouted Teresita leading her friends in the game. As they played, she listened for her uncle, but all she heard was the radio playing in apartments and storefronts. Mothers yelled to their children from open windows. Teresita did not hear Tío Ramón calling out, “Snow cones! Cold snow cones!”

—Luz roja, luz verde, 1, 2, 3 —gritó Teresita guiando a sus amigos en el juego. Mientras jugaban, ponía atención para ver si oía a su tío, pero lo único que oyó fue la radio de los apartamentos y tiendas. Las mamás llamaban a sus hijos por las ventanas abiertas. Teresita no oyó a Tío Ramón pregonando —¡Piraguas! ¡Piraguas frías!

Teresita was disappointed. She sat on her front stoop and no longer felt like playing. Soon Mamá would call her for lunch and maybe Tío Ramón would come in the afternoon.

Teresita estaba desilusionada. Se sentó en la escalera de enfrente. Ya no quería jugar. Pronto Mamá la llamaría para que fuera a comer y tal vez Tío Ramón vendría por la tarde.

Far up the street she could see water spraying from an open fire hydrant and children playing in the showers. Suddenly, as if it were coming from the giant spray of water, she heard, “Snow cones! Cold snow cones!” She could see the green and white umbrella of Tío Ramón’s cart. Teresita wanted to run to him, but she knew Mamá trusted her to stay in front of the building.

A lo lejos podía ver el rocío gigante de un hidrante para incendio y a los niños jugando en el agua. De repente, como si saliera del rocío gigante del agua, oyó —¡Piraguas! ¡Piraguas frías! —Vio el paraguas verde y blanco del carrito de Tío Ramón. Teresita quería correr hacia él, pero sabía que Mamá confiaba en que ella no se alejaría del edificio.

Slowly Tío Ramón inched his way towards Teresita. It seemed to take forever, but he finally arrived!

"Good morning, Teresita," said Tío Ramón. "Would you like a snow cone today?"

Teresita looked at the cart but all she saw was a large cube of ice and many bottles filled with different colored syrups. Where was her surprise?

Tío Ramón se acercaba a Teresita poco a poco. Parecía que no llegaba nunca pero ¡por fin llegó!

—Buenos días, Teresita —dijo Tío Ramón—. ¿Quieres una piragua?

Teresita miró el carrito y lo único que vio fue un gran cubo de hielo y muchas botellas llenas de siropes de varios colores. ¿Dónde estaba su sorpresa?

Pirag

As children gathered around the wagon to buy their snow cones, Tío Ramón scraped the ice and molded it into cone-shaped cups. Then he poured syrup over them.

After the children left, Teresita looked at the cart again but still all she saw was the large cube of ice and the bottles filled with colored syrups. Where was her surprise?

Tío Ramón motioned to Teresita. "Come closer, child," he said. He opened a small door on the side of the wagon where he kept extra bottles of syrup. He took out a brown shoe box that had several holes on each side.

Mientras los niños se juntaban alrededor del carrito para comprar sus piraguas, Tío Ramón tallaba el hielo y lo acomodaba en los conos. Después lo cubría con sirope.

Cuando se fueron los niños, Teresita miró el carrito otra vez, y lo único que volvió a ver fue el gran cubo de hielo y muchas botellas llenas de siropes de varios colores. ¿Dónde estaba su sorpresa?

Tío Ramón le hizo una seña a Teresita. —Ven acá, niña —dijo. Abrió una pequeña puerta al lado del carrito donde guardaba más botellas de sirope. Sacó una caja café de zapatos que tenía varios agujeros en cada lado.

Tío Ramón handed the box to Teresita. She couldn't imagine what it could be but she did hear tiny scraping sounds inside. She lifted the lid and gasped! "A kitten!"

Tío Ramón le entregó la caja a Teresita. Ella no podía imaginar lo que era pero sí oyó unos pequeños rasguños adentro. Levantó la tapa y gritó —¡Un gatito!

From inside the box, Teresita lifted the softest, tiniest black kitten that she had ever seen. He had a small red tongue shaped like a heart. Around his neck the kitten wore a card tied to a green and white ribbon that said TO TERESITA.

Teresita sacó de la caja el gatito negro más suave y pequeño que había visto. Tenía una lengua pequeña y roja en forma de corazón. El gatito llevaba alrededor del cuello una tarjeta atada con una cinta verde y blanca que decía PARA TERESITA.

"Oh, thank you, Tío Ramón! I will name him Piragua!" Teresita put down the box just long enough to give her uncle a great big hug.

—¡Gracias, Tío Ramón! Lo voy a llamar ¡Piragua! —Teresita puso la caja en el suelo un poquito para darle un fuerte abrazo a su tío.

And when Mamá leaned out the window to call Teresita for lunch, she also called Piragua. Teresita and her friends laughed, knowing Mamá did not mean the sweet, icy cold ones that Tío Ramón made.

Y cuando Mamá se asomó por la ventana para llamar a Teresita para que subiera a comer, también llamó a Piragua. Teresita y sus amigos se rieron. Sabían que Mamá no se refería a las dulces y frías piraguas que hacía Tío Ramón.

Photo by Madrigal Studio in Nyack, NY

Virginia Sanchez-Korrol is Professor Emerita at Brooklyn College, CUNY. She wrote *From Colonia to Community: The History of Puerto Ricans in New York City,* and the historical novel, *Feminist and Abolitionist: The Story of Emilia Casanova.* She is co-editor of the three volume *Latinas in the United States: A Historical Encyclopedia* and when she is not working on history books, she writes a blog for the *Huffington Post. A Surprise for Teresita / Una sorpresa para Teresita* is her first children's book.

Virginia Sánchez-Korrol es profesor emerita de Brooklyn College, CUNY. Escribió *From Colonia to Community: The History of Puerto Ricans in New York City,* y la novela histórica *Feminist and Abolitionist: The Story of Emilia Casanova.* Es co-editora de la enciclopedia de tres volúmenes *Latinas in the United States: A Historical Encyclopedia* y cuando no está trabajando en libros de historia, escribe para el *Huffington Post. A Surprise for Teresita / Una sorpresa para Teresita* es su primer libro infantil.

Carolyn Dee Flores is a computer analyst turned rock musician turned children's illustrator who loves experimenting with unconventional art equipment and art mediums. She has won numerous awards for her illustrations including the Skipping Stones Award for Excellence in Multicultural Literature, the Tejas Star Reading List and was selected as National Picture Book Champion for November 9, 2014. Carolyn is currently serving as the Illustrator Coordinator for the Southwest Texas Chapter of the Society of Children's Book Writers and Illustrators, and is the Inaugural Illustrator Mentor for the WE NEED DIVERSE BOOKS Mentorship Program. *A Surprise for Teresita / Una sorpresa para Teresita* is her sixth book for children.

Carolyn Dee Flores es una analista de computación que se transformó en roquera y después en ilustradora de libros para niños y jóvenes a quien le fascina experimentar con equipo de arte no convencional y con distintos medios de arte. Ha ganado muchos premios por sus ilustraciones, incluyendo Skipping Stones for Excellence in Multicultural Literature, Tejas Star Reading List y fue elegida como Campeona Nacional del Libro Infantil el 9 de noviembre del 2014. En la actualidad es coordinadora del Capítulo del Suroeste de Texas para la Society of Children's Book Writers and Illustrators, y es la Ilustradora Inagural para el programa de mentoría de WE NEED DIVERSE BOOKS. *A Surprise for Teresita / Una sorpresa para Teresita* es su sexto libro infantil.